Les brûlures de l'amour

Poésie

Désirée Ewolo

Ukiyoto Publishing

All global publishing rights are held by

Ukiyoto Publishing

Published in 2024

Content Copyright © Désirée Ewolo

ISBN 9789367959268

*All rights reserved.
No part of this publication may be reproduced, transmitted, or stored in a retrieval system, in any form by any means, electronic, mechanical, photocopying, recording or otherwise, without the prior permission of the publisher.*

The moral rights of the authors have been asserted.

This is a work of fiction. Names, characters, businesses, places, events, locales, and incidents are either the products of the author's imagination or used in a fictitious manner. Any resemblance to actual persons, living or dead, or actual events is purely coincidental.

This book is sold subject to the condition that it shall not by way of trade or otherwise, be lent, resold, hired out or otherwise circulated, without the publisher's prior consent, in any form of binding or cover other than that in which it is published.

www.ukiyoto.com

À tous les cœurs de candeur

L'amour c'est le feu de l'esprit
Qui danse sur les pages de l'être

Contents

LES DEBOIRES	1
Ma folie	2
Le mensonge de tes paroles	4
Visage duplice	6
Illusion qui habite mon cœur	7
Déboires de l'amour	9
Course folle	11
Le refrain des baisers	13
Sourires oubliés	16
Cœur origamique	18
Nuit oubliée	20
Regrets amers	22
Les ombres de nos désirs	25
Pourquoi cela?	27
C'est brisé	29
Amour déchiré	31
Esprit pleureur	32
Amère élixir	34
Le baiser de la haine	35

Amour agonisant	37
Crépuscule d'amour	39
RENAISSANCE	40
Il était temps	41
Aurore nouvelle	43
Ma liberté	45
Du rêve à la réalité	47
Chiffonnier oublié	50
Murmure de joie	52
Rêve étoilé	54
Me revoilà	56
Ciel de paix	58
Le sourire de l'âme	60
Je te cherche	62
La musique de mon cœur	64
Brèche nouvelle	66
Que tu es belle	68
Moi je vis	70
Pour toi que j'aime	71
Je me suis retrouvée	73
Fenêtre lumineuse	75
Le baiser sur mon âme	77

Les écailles sont tombées 79
À propos de l'auteur 81

Désirée Ewolo

LES DEBOIRES

Ma folie

J'ai perdu la raison quand je t'ai vue
Assise sous le palétuvier auréolée de la lumière du soleil.
Ta silhouette aux fraîches allures,
Quelle beauté m'a fait d'une élégante diaphane
Me chavirer dans le délire que donne l'amour.
Le désir de toi embrase mon être,
Qui se perd dans les flots de mes pensées versées.
Objet de ma passion et de mon obsession,
Tu deviens.
Ton regard embrasé m'a volé,
Ma paix déjà en galère
Car mes yeux dévoraient le spectacle
De ta beauté à ciel ouvert.

Je me perds, sans retenue,
Dans les profondeurs abyssales

De tes yeux rieurs, invite affriolante
Sur le sentier du plaisir.
Plus de pudeur, sans retenue,
Je me laisse glisser vers toi
Pour cueillir les fruits
D'un amour inattendu
Ainsi qu'une pluie en pleine saison sèche.
Folie pure, mes pensées s'emmêlent
Indisciplinées, émoustillées, irriguées
Par la vision de cette beauté rustique
Feu de brousse incontrôlé.
Suis-je entre les flammes, perdue?
L'amour m'a brûlée.
Suis-je devenue d'amour folle?
Je me bride en toi!

Le mensonge de tes paroles

Tu es belle, ma tendre amie
Ton sourire fait voltiger les pensées de mon esprit
Comme les papillons butinant les fleurs gaies
Ce chant m'a emmené
Au sommet de l'extase
Je rêvais de vous, pauvre moi!
Ce n'était qu'un mirage
Où les mots perdaient leur sens
Leurs ailes, leurs saveurs
Et me rendaient esclave
Esclave de tes mensonges
Oh illusion menant à l'enfer
Je te croyais épris d'amour
Mais tes paroles mensongères
Frivoles et fugaces
Font encore voler en moi
Les éclats de soleil

Un rêve de pivoine éphémère
Ainsi qu'un naufrage englouti par les vagues
Ils étaient des oiseaux
Tes mots
Mon cœur en est devenu amère
Perdu dans les flots de paroles éphémères

Visage duplice

Fleur aux mille visages au cœur de pierre
Braise sous la cendre
Quelle force a détruit notre amour
La candeur de ton visage
La dureté de l'acier me couvre d'effroi
Étrange et douloureux spectacle de tes lèvres scellées
Paralysé par la rage, sans vie qui donne à mon être
La froideur de la mort où tout meurt…

Te connaître je le croyais
Ton visage clos roule sous les ombres du crayon
Je trace le portrait de ton coquillage vide
Privé de son âme
Tout n'était que façade, copie
D'un amour falsifié, frelaté
Perfidie cruelle, agonie mortelle
Où la cruauté est la reine des amours fugitifs

Illusion qui habite mon cœur

Un amour passionné s'est emparé de mon cœur
Gravissait l'escalier de mes passions
Il se prélassait sur la plage des sentiments
L'amour illuminait son ciel
Rêve d'un bonheur surréel
La joie qui l'envahissait
Infantile
La réalité rêvée
Planait à la manière des oiseaux
Vers les sommets des sept collines
Traversant les sept rivières qui serpentent à travers les forêts blanches

Et puis, soudain!

Il est tombé plus bas que le soleil crépusculaire
La séparation l'a heurté

Dans toute sa violence
Il était damné, priant en vain
Emportant avec lui
La mort comme ultime refuge.

Déboires de l'amour

Pluie qui lave nos souvenirs au bord de la mer
Nos corps se sont frôlés au passage
Sous une pluie battante

J'aime la liberté de la nage
Nos regards désincarnés

Le temps des héros glorieux

Le large ventilé dissipe nos soucis
Qui tremblent par le canon de l'amour noir

L'amour nous regardait avec bienveillance
Avec une tendresse aveugle
Sans avenir
La complainte de la douleur
Choyait dans notre âme.

Gelés dans le reflet d'une vie calamiteuse

Quel goût de cola reste-t-il ?
La voix du vent
Semble moins optimiste
Sans bruit, sans hâte
Nos corps las
S'évanouissent comme des ombres
Le temps de notre amour s'est tu.

Course folle

Attends! Attends! Où cours-tu si vite?
Me laissant essoufflée, le cœur aux genoux.
Passion échevelée par le vent du soir
Souviens-toi de ces jours,

Des chansons, des rosaires,
Pour me dire, comme ces poèmes venus du paradis de l'amour,
Un je t'aime, sans crier gare.

Ton cœur prend le large
Il court si vite que ma peine se déverse
Comme une averse, un soir d'orage.
Quelle désolation!

La marche princière de nos baisers enchevêtrés
S'est arrêtée.

La bourrasque des émois qui se disent non
S'est levée.

Au matin, ta main légère dans ma chevelure
Comme la rosée sur l'herbe.
Te voilà si loin,
Que jamais plus je ne pourrais t'atteindre.

Le refrain des baisers

Un soir croulant, le vent mugissant
Fredonnait la mélodie des cœurs aimants.
Dans le cœur assombri et effaré
L'amour s'est éteint
Comme une nuit sans étoiles.

Nostalgique des nuits saupoudrées
Arrosées de ses effluves
De baisers savoureux
Comme le miel dans un essaim d'abeilles;
Triste complainte des bouches qui se manquent.

La brise soufflante sur mes lèvres
Faisait frissonner tout mon être,
Comme les pétales recevant le baiser du soleil
Aux réveils matinaux.

Je rêvais de toi, fouillant l'antre secret
De mon visage,
Devenue lisse à tes baisers qui chantent
L'amour.

Avez-vous vu mon bien-aimé?
Je le cherche dans les entrailles du plaisir,
Les gémissements de mon âme sous le regard
De la lune souriante.

Sa carrure belle, altière, un albâtre,
Aux allures suaves, montagne auréolée
Par la clarté du soleil;
Éclaboussement des flaques d'amour
Sur mon esprit;

Sérénade enchantée des baisers mélodiques,
Enchanteurs.
Qu'elle était belle!
Cette mélodie de quatre douceurs

Entremêlées, démêlées, au rythme
Des battements des cœurs empêtrés,
Comme le soleil couchant et la nuit tombante.

Fruits savoureux des lèvres qui se touchent,
Comme le fleuve effleure la mer
Dans une douce caresse.
Ils sont tombés !
Ce n'était qu'un refrain.

Sourires oubliés

Mélancolique visage aux traits ternis
Comme le sable du désert brûlés par le soleil
Ta rudesse, ta sécheresse donnent
À la joie des insomnies et à l'amour des regrets.

Tes sourires se sont cachés
Quand l'amour a été rapatrié
Comme des migrants sans défense.
Le rocher de la peine s'est figé
La vie a déménagé de ta face
Pour laisser à la dureté le droit de cité.

Où étaient ces beaux sourires?
Sourires qui donnaient vie à mon cœur,
Devenu mendiant de ton amour.
Où les as-tu laissés?
Certainement dans l'oubli,

Où l'amour, tel une fleur,
Se fane, agonise et s'efface.

Les lointains souvenirs s'étiolent
Comme la rose qui, le soir venant,
Tire sa révérence
Après une éphémère beauté
Couvrant de tristesse le soleil qui se couche
Emportant avec lui l'espoir
Des sourires incertains de l'amour oublié.

Cœur origamique

Quand l'amour s'est Sali dans le lit
De la trahison,
Le cœur blessé se froisse comme une
Feuille de papier indésirée après usage.

Quand l'amour s'est revêtu de mensonge
Le cœur meurtri se froisse comme le vêtement
Sous les coups du vent.

Quand l'amour boit à la coupe du mal
Le cœur brisé se froisse comme les feuilles séchées
Sous des pas violents et saccadés.

Quand l'amour prend le visage de la haine
Le cœur froissé se plie de douleur comme une
Femme qui enfante.

Quand l'amour devient aveugle,
Le cœur perdu se froisse comme les ailes
D'un oiseau brisé dans son élan.

Quand l'amour se brise
Le cœur se froisse comme un tremblement
De terre qui défigure la terre.

Nuit oubliée

Je ne sais pourquoi, mais le souvenir
De cette nuit-là ne veut me croire.
Les étoiles dans le ciel me regardent avec pitié,
Car ma mémoire effacée les faisait pleurer.

Une lueur fugitive m'appelait vers le souvenir
De toi, mais j'avais tout oublié
Pour ne plus souffrir.

Les restes de nos souvenirs s'étaient enfuis
Le jour de ton départ.
Les larmes de douleur amères que mes yeux
Avaient laissé couler, ont lavé
Toutes les séquences d'une histoire d'amour
Qui avait brûlé mon âme.

Le poignard de tes mots a rendu mes yeux

Aveugles, et mon esprit a perdu connaissance.

Il est devenu amnésique d'un tragique accident
d'amour.

Je ne me souviens de rien, je ne sais plus qui tu es.

Demande à cette nuit-là qui m'a fait tout oublier.

Elle t'a regardé partir sans pouvoir te retenir.

Elle s'est éteinte pour toujours.

Regrets amers

Pourquoi suis-je parti?

Te laissant au carrefour de la douleur immense
Là où l'amour se demande s'il devait encore aimer.

Ton cri de détresse résonne encore
Dans mon cœur idiot qui n'avait pas su te comprendre.
Mais tu n'étais plus là!

Ta frêle silhouette gisant sur le sol
Hante mes nuits sans sommeil.

Je suis revenu pour te suivre, mais
Tu ne m'as pas reconnu.
Ton regard hagard me regardait
Comme un étranger de passage.

Tu m'avais oublié.

Mon cœur frissonna de terreur
Devant l'immensité de ta stupeur.
Mes mots d'adieu avaient été si forts
Que ton amour pour moi en est mort.

Aucune étoile dans le ciel, il était éteint,
Pour faire le deuil de cet amour que j'avais vendu
À la haine.

Je voulais te prendre par la main
Mais tu t'éloignas de moi avec crainte.
Mon cœur mourut une seconde fois
Car cette nuit-là, il était déjà mort.

La brûlure de la souffrance me faisait suffoquer
De douleur, car mon amour, c'était toi.
Mais il était trop tard,

L'amour était devenu un étranger dans
Ta mémoire blessée.

Je te laisse partir sans pouvoir te retenir.
De cette nuit-là, je n'ai rien oublié.

Les ombres de nos désirs

Les ombres de nos désirs

Se meurt l'amour sacrifié sur l'autel de la haine,
Cruelle agonie des larmes éternelles.

Le vent vante les débris des mots d'antan,
Dans le désert brûlant de la trahison.

Gronde l'orage funeste de la séparation
Dispersant dans l'oubli les regards enflammés
Enfiévrés du brulant de la passion.

Dans le rêve où je dormais
L'amour avait la couleur de ton sourire,
Devenu désolation à l'ombre de la peine.

Dans la réalité qui se brise,
Les cendres d'un feu éteint
Chassent les étoiles.
La lune fait son deuil, c'est la fin!

Pourquoi cela?

Pourquoi cela?
Agonie de douleur de la terre mère,
Au déchirement de sa robe craquelée
Par une soif immense, la pluie s'était enfuie!

Les arbres amaigris, desséchés, enlaidis,
Faisaient pleurer les oiseaux cherchant refuge.
La flore était en berne, quelle désolation!

Impétueux vent se promenant sans valse,
Aucun bruissement.
Le feuillage était mort, quelle tristesse!

Il gisait çà et là,
Comme des vêtements défraîchis
Par la violence de la haine, quelle tragédie!

La tristesse distillait son parfum enlaidissant.
Les yeux laissaient couler des larmes de désolation
Comme des funérailles d'un être cher.

Le regard désespéré espérait l'arrivée de la pluie,
Qui allait ressusciter la terre morte,
Comme la rosée du matin après le brouillard.

C'est brisé

Vous qui semez la haine et la méchanceté
La mort vous enseignera la souffrance
La brûlure d'un cœur qui a tout perdu
Au matin de l'amour déchu.

Il est comme une terre dévastée,
Où la bombe de la séparation a explosé,
Au cœur d'un amour qui brillait comme
Une nuit pleine d'étoiles.

Il est comme une terre brûlée,
Où le feu de la haine a réduit en cendres
Les espoirs d'une vie qui rêvait d'amour éternel.

Le jour du départ est là!
Le cœur monte l'escalier de la douleur,
Le chagrin lui fait allégeance
Et la peine chante ses louanges.

Le ciel silencieux cache son visage,
Le désespoir tend les bras.
Perplexe, égaré au carrefour des questions
Sans réponses, l'horizon pleure
Des larmes de sang.

L'amour s'est arrêté, il a pris le large
Comme une ombre qui s'enfuit.
Le chemin s'est fermé
L'ombre de la nuit juge notre amour:
C'est brisé!

Amour déchiré

Dans les replis de mon esprit
J'errerai sur les sentiers où notre amour s'est déchiré
Écœuré par les souvenirs qui rongent mon âme
Comme une charogne.

Rêveuse, je sentirai
Le vent de la solitude effleurer mon visage émacié
Par la carence d'amour.

Je laisserai la fraîcheur du soir
Frigorifier les débris d'amour qui se meurt dans mon cœur.

Je ne penserai à rien, je ne dirai rien.
Je laisserai la rivière sale couler,
Mon esprit trouvera peut-être le repos,
Il pourra s'envoler loin,
Comme un oiseau quittant son nid.

Esprit pleureur

Dans la forêt profonde
Ou sommeillent les arbres centenaires,
Résonne la voix mélancolique d'un esprit en pleurs
Le bruissement du feuillage fait écho
Sa tristesse chante sa complainte.

Le mal est évident: la folie de l'amour fait mal.
Les branches brisées, voilà ma récompense!

L'amour débridé a coupé mes racines

Défiguré ma vanité.

Je ne suis rien, vraiment rien!

Quelle fougue pour une fin dérisoire.
Une broutille maligne m'a plongé dans les épines.

Pauvre de moi, où es-tu, ma belle prestance?

Voici plusieurs jours que tu erres dans cette broussaille

Comme un verre de terre apeuré.

Fini, le temps de la romance et de l'attirance

Les rideaux sont tombés, la pièce de notre idylle s'est achevée.

Il ne reste que le chant des pleurs.

Amère élixir

Nous y voilà!

Buvant le vin d'amour frelaté, fermenté
Dans la violence de la haine
Comme des prisonniers assoiffés dans la geôle.

L'amour nous a saoulés, la coupe est amère
Il coule à profusion dans nos palais brûlés
Par sa saveur désagréable.

Autrefois, sa douceur enchantait nos cœurs
Épris dans une envolée voluptueuse
Sur un lit de roses parfumées, nous étions grisés.

Je ne veux plus boire à cette coupe
Je veux la verser sur les parvis de mon cœur dessaoulé.
Elle est amère!

Le baiser de la haine

La jalousie a pris possession de mon cœur
Je trébuche sur la stupidité, la rancune
Me voilà dans la mare des regrets amers!

Le feu de la vengeance me dévore,
Le baiser de la haine a effleuré mon esprit
Comme la lame acérée d'un forgeron.

Je veux blesser!

Sorcière, vipère, tu as trucidé mon cœur
Je te maudis!

Point de paix à ton cœur, voleur de ma joie
Mille galères à ton esprit fricoteur de mal
Sanglantes rencontres à ton cœur vaillant
Blessures amères à ton esprit incisif.

Je te hais, je veux que tu souffres!

Je demande au soleil de l'amour de s'éteindre
À la fontaine de joie de ne plus couler
Au désir de ne plus brûler, ma haine est féroce,
Tu dois souffrir et mourir.

Amour agonisant

Ô toi, où es-tu?

Ne t'en va pas, ne me laisse pas seule
Que dirais-je à l'amour qui demande après toi,
Qui languit de ta présence, il étouffe sans toi.

Où es-tu?

Le voilà gisant dans le cercueil de mon cœur,
Attendant le doux refrain de ta visite du soir,
Où la lune le berçait pour un rêve sans fin.

Où es-tu?

Quand il toussote dans la fraîcheur de l'abandon
Grelotte du froid du rejet dans l'atmosphère orageuse,
D'une nuit qui attend sa fin.

Où es-tu?

Quand mon cœur pousse un soupir
Comme un penseur fatigué du jour,
Il agonise, tu l'as débranché de ton cœur!

Crépuscule d'amour

Ténèbres!

L'amour s'assombrit, il décline, il s'éteint,
Comme une ampoule grillée par un courant trop fort.

Un nuage noir couvre le lit de l'amour,
Le vent courbe les roseaux, dévoilant la nudité
Des cœurs brûlés par l'amour.

L'étoile de l'amour s'en est allée,
Vers des horizons incertains, laissant le ciel perplexe
De son absence.

Le jour de l'amour décline comme une santé fragile,
Le crépuscule d'amour descend pour tirer sa révérence.

L'obscurité a recouvert l'amour.

RENAISSANCE

Il était temps

La nuit de la souffrance prend le large
S'envolent les larmes de joie qui arrosaient le sourire
Glacial, assassin, mortifère, ton adieu.

L'amour, blessure éphémère comme une étoile filante
Pouvoir plier bagages comme des cendres
Emportées par l'eau coulante.

Il était temps d'oublier le cœur agonisant
Des larmes éternelles de ton absence
Car le brouillard de l'incertitude se dissipait,
Comme la fumée dans le vent.

Il ne restait plus rien, plus rien ne restait.
Je devais partir, quitter ce lieu mortifère
Cruel manoir de la douleur amère,

Qui m'avait ensevelie comme un tremblement de terre.

Le vent de l'espoir a balayé mon esprit poussiéreux
De sa peine;
Une aube nouvelle se dessine à l'horizon
Comme les fleurs annoncent les fruits de la moisson à venir.

Il était temps, la nuit est terminée.

Aurore nouvelle

Bourgeon d'amour dans mon cœur
Fermant d'une pluie d'espérance
A lavé les blessures d'un passé hanté, prisonnier.

Le rêve ressuscité de l'amour sourit
Au cœur enchanté d'une folle joie criant
Au vent le désir de prendre le large, libérée, assoiffée!

Je ne suis plus là, je veux m'en aller;
Me libérer de cette nuit de souffrance
Comme un enfant des entrailles de sa mère,
C'est l'aurore!

La nuit des soucis se dissipe comme le brouillard
Au lever du soleil, laissant au cœur débrouillard
De faire des nouveaux pas vers l'aurore de l'amour
Qui lui tend les bras.

Recommencement d'un passé terni, déchu,
Rhapsodie onirique d'un soupir languissant,
Où le soir de la douleur se meurt, pur bonheur,
Tout recommence.

Ma liberté

Liberté
Ma douce amie au sourire libérateur
Ta visite subtile, sublime, brise le verrou
Viscéral de mon esprit, qui se brise avec fracas,
Au son de tes pas.

L'aurore de mon adolescence nouvelle
Te quête à travers tous mes mots rebelles
Qui résonnent dans le vent comme les clapotis,
D'une rivière.

Le murmure de ta présence fait rêver mon âme
Folle escapade vers l'horizon que déshabille le soleil.

Le voile de ta beauté, présage d'une ivresse infinie
Dans le sein doucereux de ta voluptueuse étreinte.

Je brûle d'un feu ardent comme le murmure
De ta voix à mon cœur transi, vole en éclat,
Mon innocence!

Je cours à ton appel, fugitive de l'amour possesseur
Jadis prison de mon cœur!

Barque voguant, vent voulant, l'amour de toi
M'a rendu pirate écumant la mer, cherchant repère.

Heureux amour de mon esprit, déshabillé
De la forêt des soucis.

Fuyant une vie délétère pour un monde onirique
Me voilà à tes pieds, reine de la vie rêvante,
Je suis ta servante, mon cœur est à prendre!

Du rêve à la réalité

Au matin de mon adolescence, ma vie
A pris le couloir de la souffrance.
Je regardais l'horizon sans savoir où j'allais
L'incertitude teintait mon esprit d'un ciel sans étoiles.

Mon âme buvait la coupe amère d'une vie sans essence
Je rêvais d'une vie où, reine, je serais
Amour plein le cœur, demeure sous le soleil
Joie infinie sans détour, l'amour coulerait du cœur aimant.

Couloir sombre de mes pensées,
Pas incertains
Un prince de lumière m'a bousculée au passage!

De stupeur, je suis tombée, mon esprit sorti
De sa torpeur pour un regard inquisiteur

La splendeur de sa beauté pétrifiait ma pensée volage.

Je voulais courir, mais sa beauté me faisait fléchir,
Le son de sa voix résonnait en moi comme le vol
Des papillons dans la verte prairie.

L'amour venait visiter mon cœur endolori,
Par tant d'oubli.

Me voilà! Dans son regard de braises
Habillée comme la reine de mes rêves
Comme la reine de mes pensées frivoles.

Son sourire brisa les verrous de mon cœur engourdi
Dans la longue attente des nuits noires de mes peines.

La porte était ouverte!

À l'infini de son regard doux comme la brise,
La naissance de mon rêve monta l'échelle des étincelles
De son amour.

Ma vie de reine reçut le droit d'exister!

Chiffonnier oublié

Ma pauvre belle, blessée de l'amour trompeur
Le temps d'avant n'est plus! Il s'en est allé au loin
Te laissant dans l'absence.

Les fruits amers de la peine se sont brisés
Sur le rocher du temps, qui a bu de leur amertume
Effaçant leurs souvenirs.

Te voilà libre!

Libre de ses pensées débiles, lit insipide
Fanfaronnades d'un esprit farceur, oublieux
De ton bonheur.

Ne pleure plus, ne le cherche plus,
L'amour a descendu l'escalier de la peine.

Libère le cœur, laisse-le en jachère
Le soleil reviendra, brillant, réchauffer
La froideur d'une solitude mégère,
Fumant le calumet de la paix retrouvée.

Murmure de joie

Quel sourire, quelle beauté!

Belle sérénade d'un cœur enivré d'amour réparateur
Les mots ressuscités couraient à la folie.

L'amour avait repris le chemin de la joie,
Au clair de lune.

La fraîcheur du soir, doux baisé
Lyre lyrique
D'une saveur de glace affriolante
Mon cœur s'est fait prendre.

Le voilà gisant dans la mare de l'espérance,
Voguant sur le radeau de la joie vivante des mots
Pour une éternité de jouvence.

Le sifflement des insectes marins donnait
À cet instant, les couleurs de la joie
Qui portait ses plus beaux vêtements

Le murmure insécable de l'émotion
Lénifiait mon cœur, qui s'est laissé prendre.

C'est le tambour de la joie.

Rêve étoilé

Le sommeil de la souffrance est terminé
Le cœur peut bien rêver d'un amour aux couleurs
Arc en ciel.

Il était fugitif de la peur d'aimer
Qui emprisonnait son cœur comme un étau
Le chant de l'amour l'invitait à la romance.

Une vue paradisiaque illuminait ses pensées
Peureuses, libérées de la glaise du mal qui
De sa laideur enrayait sa beauté.

Les souvenirs plus beaux,
de jalousie faisaient pâlir la haine
toussant de colère sous le froid de l'espérance.

Quel beau rêve!

Belle est la vie quand le cœur assoiffé
D'amour,
Court dans le ciel de la renaissance.

Sous le réverbère de l'amour qui s'allume
S'éteignent les ombres d'un passé vétuste
Le rêve comme la lumière des étoiles éclaire
Notre esprit enchanté.

Me revoilà

L'aube se lève à l'horizon
Dans mon cœur albâtre
Le ciel se pare de mille éclats
Pour accueillir mon âme aimante.

Brûlé de la haine dans les temps d'avant
Sa parure de paix éclatante resplendit
Comme la rosée du matin sur les verts pâturages.

Un bonheur ineffable habille mon jour
La douce mélodie sur ma joue
Où la pluie est morte
Les oiseaux chantent dans les frondaisons
Décime le nuage rageur
Des cimes, roucoulant la candeur

Me revoilà, c'est moi!

Ce cœur brillant comme le soleil
Calice de joie pétillante, rêveuse de pirogue
Et d'océan du Sahara

Les blessures de l'azur
Agonie mortelle de mon cœur s'effacent
Sous la pommade doucereuse de la passion.

Me revoilà, c'est moi
Témoin de la bataille du temps
Où la douleur était ma chanson.

Ciel de paix

Si le soleil de la tristesse sur notre histoire
Veut briller
Je devrais te chercher dans le cendrier

Si l'orage de la mésentente sur notre histoire
Au loin gronde
Je dois dans l'écrin des nuits retrouver le soleil

Si le feu de la colère sur notre histoire
Veut brûler
Je dirais à ma bouche de souffler
Sur les pages de nos cœurs
Où dansent les mots de nos baisers

Si la main de la calomnie sur notre histoire
Veut-nous dissiper
Je dirais à mes bras de nous ceinturer

Si le soleil d'amour brille sur notre histoire
Pour nous donner la paix
J'emprisonnerais les nuits dans le sépulcre du passé.

Le sourire de l'âme

Douce présence intérieure
Fragile comme un verre, l'obscurité
Du cœur souffrant avait volé ton sourire.

Les épines de la détresse poignante
Défiguraient ta beauté princière sous la plume
De la haine comme la brûlure d'un fouet.

Ô cœur douloureux je veux retrouver
Mon équilibre
Comme le printemps qui revient après l'hiver.
Je suis belle de mon sourire!

Rends-moi ma beauté!

Miracle! Le cœur se délie, il vit.
Les phrases d'amour s'écrivent dans sa chair

A l'encre des larmes de l'âme pleurant de joie.

Elle plane, c'est la joie du sourire revenu
Des profondeurs enténébrées de la mort de l'amour.

Je te cherche

Je te cherche à l'orée de la joie
Qui me sourit dans le vent caressant
Le feuillage lumineux de mon esprit.

Les éclats de voix de la haine meurtrière
Se dissipaient dans le bruissement de l'amour
Charmeur qui fait de moi son héritière.

Le crayon de l'amour sur mon cœur
Dessine l'esquisse de ton sourire
Refrain d'une mélodie nouvelle.

Montre-moi ton doux visage luisant
Comme le soleil couchant recevant le froid baiser
De la brise vespérale prenant ses quartiers.

Je suis en chemin!
Te trouver de désir brûle mon cœur
Explorateur des fichiers de l'amour archivé.
Je te trouverai!

La musique de mon cœur

Chante l'amour au matin de gaieté étoilée
Les oiseaux siffleurs fredonnaient la mélodie
De l'amour messagère de rêve.

Les notes sur mon cœur fredonnaient
 Psalmodie captivante, odyssée mirobolante
Sérénade envoûtante d'une histoire naissante.

Le concert du plaisir se glissait dans mon être
Comme la pluie pénètre la terre, l'esprit enfiévré
Grisé, se délectait suavement, quel régal!

La douce mélodie de l'amour retrouvé
Faisait valser mon corps dégourdi, libéré
Du crépuscule de la séparation moribonde.

La portée de cette gamme d'amour

Haute, belle, fine, douce, captivante
  Comme le roucoulement des hirondelles.
Quelle beauté.

Brèche nouvelle

Me revoilà marchant sur les traces,
Les traces d'un amour poursuivant le vent
Ephémère de la joie glissante comme du verglas.

La brûlure du passé effacé se morfond
Sous le soleil de la passion retrouvée où
Légèreté de vie, frivolité espiègle s'embrassent.

L'espace s'est ouvert, l'amour peut sortir.
Le cœur sourit en regardant le ciel qui lui fait
Un clin d'œil au passage dans son drapage
Étincelant.

Un souffle nouveau redonne vie, au cœur
Rabougri, séché, amaigri comme des arbres
Brulés par la folle sécheresse, truande de la douce
Pluie qui adoucit la terre.

C'est fini!

Les froissements, les plis de mon cœur

Se sont décollés comme un glissement de terrain.

La voilà! La brèche!

La libératrice de mon cœur, elle est là.

Que tu es belle

Que tu es belle!
Ton visage au teint chocolat, dépouillé
Débarrassé, émondé des rides de la peur
Comme un soleil brille.

Que tu es belle!
Ton sourire dévastateur, incendie
Liquéfie mon cœur comme un glaçon
Sous une chaleur brûlante du midi.

Que tu es belle!
Tes lèvres roses-bonbon jolie glissade
D'un esprit galopeur aux mains prétentieuses
Caressant ces douceurs aveuglantes.

Que tu es belle!
Fine silhouette aux allures de fresques

Diaprure légère, affriolante, saisissante
Comme la voie lactée, pure tentation.

Que tu es belle de ta beauté, brûlent mes yeux.

Moi je vis

Au creux de l'amour coulant de ton cœur
Moi je vis.
Dans tes sourires silencieux au rivage de l'amour
Moi je vis.
Dans les complaintes des histoires du passé révolu
Moi je vis.
Dans tes éclats de rire résonnant en échos dans le vent
Moi je vis.
Sur les sentiers de la passion éméchée, dessaoulée
Moi je vis.
Dans les rêves falsifiés de l'amour trompeur
Moi je vis.
Quand tout devient silence, abandon, rejet
Moi je vis.
Quand s'estompent les ombres de ta présence
Moi je vis.
Pour ma joie qui assassine le souvenir impropre de toi
Moi je vis et c'est tout.

Pour toi que j'aime

Pour toi que j'aime
J'ouvrirais les portes de mon cœur
L'amour chantera le refrain de nos années
À venir

Pour toi que j'aime
 Coulera rivière de joie, étanchement
De la soif brûlante de la haine
Rafraichissement certain, haleine nouvelle.

Pour toi que j'aime
 Chaleureuse demeure, grandira en mon cœur
Le moi en toi construira la citée éternelle
De notre amour

Pour toi que j'aime
Allée nouvelle, porte ouverte

Pièce de rêve, esprit en éveil
L'amour est couronné roi de mes rêves.

Pour toi que j'aime.

Je me suis retrouvée

Perdue je l'étais
 Quand la souffrance donnait des coups
À mon esprit charcuté par la lame des mots
Cruels.

Perdue je l'étais
Quand mon sourire à plier bagages
Se volatilisant dans le vent comme la fumée
Du bois mort.

Perdue je l'étais
Quand l'amour me fit ses adieux
Sous l'orage des paroles blessantes
Comme un volcan embrasant tout
Sur son passage.

L'érosion du temps a gommé
La rouille des blessures du passé
Sur mon cœur qui se réveille d'un sommeil
Si long.

Il se contemple hébéter, atterré,
Etonné devant la féerique beauté.
La nouvelle tunique de son amour
Brillante comme les rayons de soleil
Sur la mer.

Je suis là, c'est moi!
Adieu les nuits noires sans saveurs
Mégères, querelleuses, commères
Messagères de la douleur.

Je me suis retrouvée.

Désirée Ewolo

Fenêtre lumineuse

Sombre était ma vie comme un ciel
D'orage, ton départ avait arrosé mon espérance
De sa meurtrière violence.

Mes yeux fixaient le soleil, ils avaient froid
Froid d'une stupidité amère qui les a
Rendus pleureurs d'un amour égaré.

Miracle!
Le soleil m'a donné sa lumière
Elle coule comme le sang dans mes veines
Elle me rassure comme le chant d'une mère
J'espère.

Je flotte dans cette lumière, douceur onirique
Soleil levant, fenêtre dans l'espace, la souillure
A pris le large, elle n'était pas tendre.

Profondeurs infectées, réveil ensoleillé
Merveille de splendeur retrouvée, séduisante lumière
Fenêtre ouverte.

Je peux recommencer.

Le baiser sur mon âme

Toi qui me regardes avec des yeux si beaux
J'aime le bleu profond en fond qui embrase
Mon âme de son feu.

Des larmes chaudes coulent de mes yeux
Timides naissant des coulisses de mon cœur
Ma solitude y plonge et se baigne dans la joie

Le frémissement de tes cils, épouvante
La peur de sourire qui fait cligner mes yeux
Mon âme frétille.

Effleurement de ton amour enjôleur
Douce caresse rappelant le bruissement
D'un cœur amoureux, soupir de joie.

Ton regard de braises, profondeur
Abyssale de rêve je ne veux pas de trêve
Egaie tout mon être à toi je veux être.
 C'est le baiser sur mon âme.

Les écailles sont tombées

Chante l'amour au matin de la délivrance
Le brouillard s'est dissipé, la nuit du mal
S'en est allée Pleurant des larmes de sang.

Le souvenir des yeux fermés, voilés, aveuglés
Je chante l'écho de la montagne
Qui l'emprisonne dans ses entrailles.

Les débris de l'amour ancien soufflés
Comme de la poussière crasseuse amie
S'infiltrant tout le temps prennent la fuite
Dans tous les sens.

Les écailles sont tombées.

Les yeux du cœur sortent de leur cécité
L'esprit prend la relève, la vendetta se meurt

L'espérance fait sa toilette.

L'histoire se renouvelle, l'amour se relève
Les yeux se lèvent, les brûlures guérissent
C'est la renaissance, le recommencement

Les écailles sont tombées.

À propos de l'auteur

Désirée Ewolo

Véronique Désirée Ewolo, écrivaine camerounaise aux horizons diversifiés, chemine de l'ingénierie thermique à la théologie. Diplômée des Universités de Ngaoundéré et Catholique d'Afrique Centrale, elle partage sa passion dans un collège catholique et signe son premier roman, <<Romance Divine>>, révélant un talent foisonnant.

www.ingramcontent.com/pod-product-compliance
Lightning Source LLC
LaVergne TN
LVHW041624070526
838199LV00052B/3238